［ジュニア版］

青空小学校いろいろ委員会8

小松原宏子

絵 あわい

学級委員は負けない

ほるぷ出版

もくじ

4年1組の仲間たち
石丸ショウタ
学級委員。成績優秀で、中学受験宣言第一号。クールで、ふだんは無表情。
ヨウスケ
ショウタとは2年生まで同じクラスで、いまでもときどきいっしょに帰ることもある。

サトル

ショウタにおかしな手紙がとどくことを心配してくれるけど、ショウタにはちょっとめいわく。

藤堂ルミ

給食委員。少女モデルでクラスのアイドル的存在。食べることが大すきでよく食べる。

加藤アスカ〈アッピー〉

保健委員。体は小さくても元気いっぱい! 3年生のときから、たんにんの岡崎先生に恋をしている。

犬塚アキラ

飼育委員。いきもののことなら誰にも負けない、数々の伝説をもつ「いきもの博士」。

永山コウジ〈ピョンタ〉

放送委員。いつもみんなをわらわせてくれる、クラス一の人気者。芸能通でもある。

鈴木トモヒロ〈トモくん〉

体育委員。立候補したわりには、クラスの中でも体育はいちばん苦手と思われる。

本田シオリ〈ホン子〉

図書委員。記憶力が抜群で、図書室のどこに何の本があるのかも全部記憶している。

安藤権太郎先生

岡崎先生が入院中の代理の先生。大きな声を出すこわい先生かと思ったら……?

大山サエコ〈エコ〉

学校内の美化活動に取り組む「環境委員」。お花屋さんのむすめできれいずき。

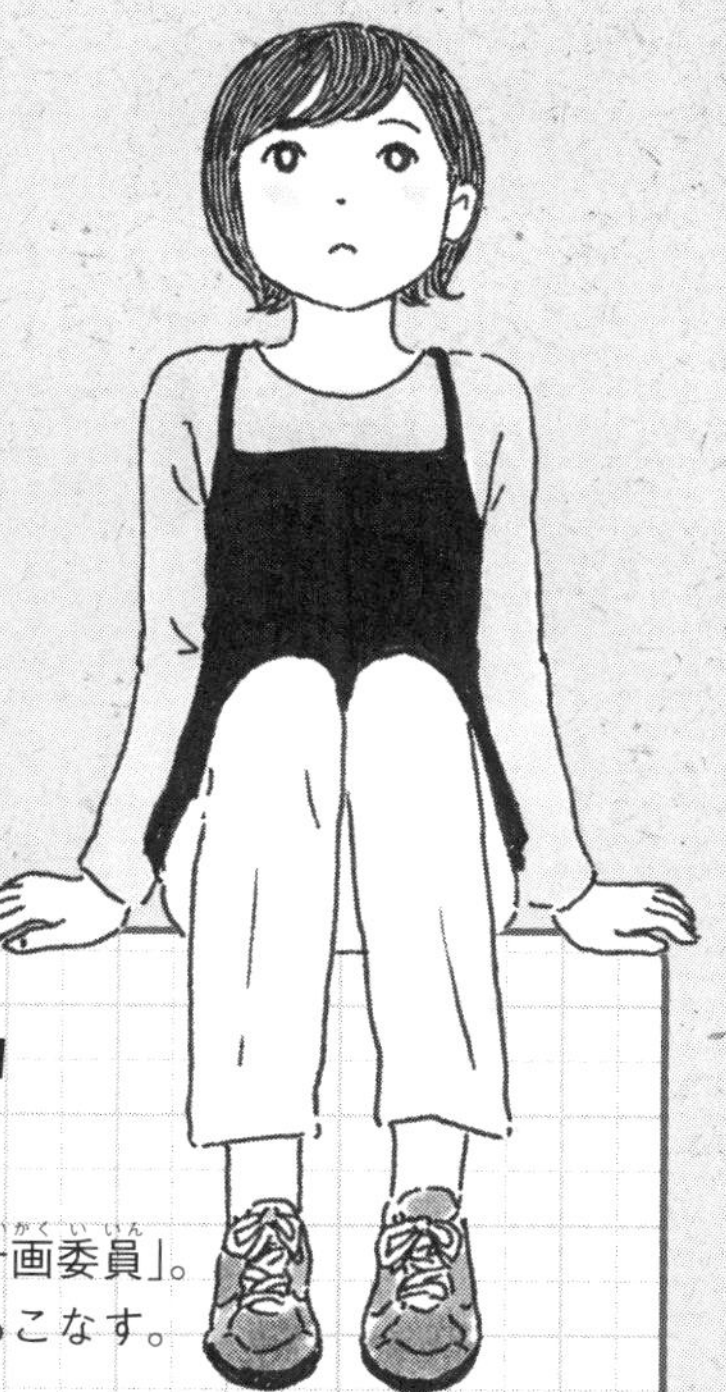

山川チズコ〈ナビ子〉

学校行事の計画を担当する「計画委員」。運動会ではリレーのアンカーもこなす。

とつぜんの脅迫状

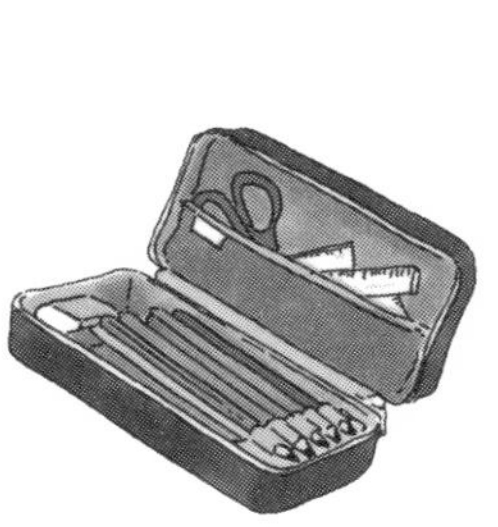

石丸ショウタがその脅迫状を受け取ったのは、四年一組の学級委員になった一週間後のことだった。

立っこうほを取り下げろ
さもないと　こうかいするぞ

立っこうほを取り下げろ
さもないと こうかいするぞ

最初に思ったのは、「小さい『つ』はいらないんだけど」ということだった。

つぎに思ったのは、「この口ぶりだと、書いたのは男子か？」であり、そのつぎに思ったのは「四年一組のだれかだな」であり、それから思ったのは、「取り下げるほうが後悔するんだけど」で、最後に思ったのは「そっちこそ後悔するぞ」だった。

こういう脅迫状をもらったときは、先生に相談するのがいいんだろうとも思ったけれど、たんにんの岡崎純平先生は、あいにく交通事故にあってしまって入院中。そして、かわりに来た安藤権太郎先生にこういうことをいう気にはなれない。

安藤先生が最初から大きな声を出してみんなからこわがられているからではない。新しく来たばかりの先生に、四年一組がヘンなクラスだと思われたくないからだ。

はやくも学級委員としての自覚にめざめているのかもしれない。

でも、きっと学級委員でなくても、いわなかっただろう。

ショウタはいつも無表情のポーカーフェイスだけれど、じつは顔に出さないだけで、なかなかの情熱家であるうえに、クラス愛にみちてもいるのだ。

学級委員に立候補したのも、「このクラスの代表にならぜひなりたい」と思ったからだし、岡崎先生に恋するあまりだれもなりたがらないクラス委員のぜんぶを引き受けるといった、アッピーこと加藤アスカの勇気に感動したからでもある。

ところが、学級委員に手をあげたとたんに、つい、

「中学受験の調査書に書いてもらえそうだしね」

なんていってしまった。

じつは、受験をするかどうかもまだはっきり決めていないうえに、クラス

委員になることが中学受験に有利かどうかも知らない。なのに、そんなことを口走ってしまうショウタは、クラス一の照れ屋であり、あまのじゃくでもあるのだ。

　さて、その脅迫状は、げた箱の中のショウタのくつにはいっていたので、同じクラスでなくても、だれにでも入れるチャンスはあったはずだった。それでも四年一組のだれかだと思った理由は、ショウタが「立候補した」ことは、クラスのみんなしか知らないことだからだ。委員はすいせんで決まることもあるし、決まらないときはくじ引きとか先生の指名で決まることもある。

「でもまあ、ひとちがいかもしれないしな」

　ひとちがいであっても、こんな手紙を書くことじたいよろしくない。けれども、だれだかわからない相手に、いつまでも腹をたててもしょうがないので、ショウタはその紙をまるめてポケットにつっこみ、家に帰ってすぐにやぶりすててしまった。

それきりわすれていたのだけど、こんどはランドセルにまた、にたような手紙がはいっていた。

おまえは　がきゅういいんに　ふさわしくない

こんどは小さい「つ」が足りない。

前のよけいな「っ」をとってこっちにくっつけてやりたい衝動にかられる。

というか、「学級」くらい漢字で書いてもらいたい。

と、そこにツッコんでから、「ふさわしくない」といわれたことに頭にきた。

……ふさわしいかふさわしくないか、きみが決めることじゃないだろう？

そもそも「きみ」はだれなんだ？

四年一組に、こんなことをするクラスメイトがいるなんて。

男子も女子も個性的な顔ぶれだけど、いじわるな人間はいないと思っていた。

ショウタは小さくためいきをついた。

もちろん、いつもいつも明るく楽しいクラスでいられるわけでないことはわかっている。

でも、やっぱりちょっと、いや、かなり、ショックではあった。

……自分は学級委員にふさわしくないだろうか。

そもそも、「ふさわしい」とはどういうことか。

明るい放送委員のピョンタ、本が大すきな図書委員ホン子、いきもの博士の飼育委員アキラ、きれいずきの環境委員エコは、あきらかに、それぞれの委員の仕事にむいていると思われる。

そういうことが、委員に「ふさわしい」といえるんだろう。

でも、体育がにがてでなやみ体質のトモくん、給食は大すきだけどめったにわらわないルミ、元気印だけどおっちょこちょいのアッピーも、それぞれ体育委員、給食委員、保健委員になっている。

とても、「委員」というものにむいているようには思えなかった顔ぶれだ。

いや、むしろミスマッチといっていい。

ということは、この三人にもこんな手紙が来てるんだろうか。

だからといって、三人にきいてみる気にはなれない。トモくんにいったら気にしすぎてぐあいがわるくなるかもしれない。ルミは給食以外のことにきょうみがないから、ショウタになにが起ころうと気にもしないだろうし、アッピーは、はんたいにばんそうこうとか持ってきて、さわぎを大きくする気がする。

そもそも、ほかのひとのことを「ふさわしくない」とか「むいてない」とかいうことじたい、失礼なことだ。

そう思ったあと、ショウタは無表情のしたで、はげしく反省した。こんなことをくよくよと考えていたら、それこそ犯人の思うつぼだ。まさに学級委員に「ふさわしくない」ことになってしまう。

だから、顔をあげて、せすじをのばし、しゃんとした。

ぼくは学級委員、クラスの代表。

……無記名で手紙をよこすようなひきょう者なんかにふりまわされはしないぞ。

「ひきょう者」がだれだかわからないので、とりあえず「〇〇」ということにする。いや、しかし、「まるまる」では石丸ショウタの「いしまる」とかぶる。自分のみょうじとセットみたいでいやだから、「××」にするか。

でも、名まえをつけてやるのもしゃくだな。

三年生のときに、アッピーがサケのたまごに名まえをつけていたけど、それだけで愛着がわいてしまったものだった。けっきょく、ぜんぶ同じに見えるから、どれがどれだか、わからなかったけれど。それでもたまごからかえったサケのあかちゃんを川に放流したときは、胸がいっぱいになってしまった。

あのときも、ショウタはまゆひとつ動かさなかったから、だれも気づいてはいなかっただろうけど。

そんなこんなで、その「××」のことはわすれることにしたのだけれど、数日たってまたヘンな手紙を見つけたときは、さすがのショウタもいやな顔をした。

はやくクラスいいんをやめろ

筆箱の中にはいっていたその紙きれを、見なかったことにしてフタをしようか、それともやぶいてすてようか、とまよっていたとき、となりの席の吉田サトルに見つかってしまった。

「どしたの?」

サトルは、ショウタの手元をのぞきこんだかと思うと、ひょいとその紙をつまみあげた。

「うわ、なんだ？　これ」

サトルが必要以上に大きな声をあげたので、まわりにいた何人かがふりかえった。

「なあに？」

「どうしたの？」

女の子たちがよってくる。

「なんでも、ない」

ショウタは落ち着いたたいどで、サトルから紙をとりかえすと、おりたたんで筆箱にしまった。自分が無表情でよかったと思える数少ない場面だ。

「なんでもなくないじゃん」

サトルが手をのばしてきたので、ショウタはだまって、筆箱を机の中にしまった。

「なあ、さっきの……」

サトルがなおもしつこくいいかけたとき、

「なんでもない、っていってるでしょ！」

という、するどい声がした。

ショウタがふりむくと、藤堂ルミがものすごくこわい顔をしてサトルをにらみつけている。

……おなかがすいているんだな。

ショウタは心の中でつぶやいた。

給食大すきの給食委員ルミは、お昼の時間が近づくにしたがってきげんがわるくなっていく。給食が楽しみでしかたがないぶん、まちきれない思いが強くなりすぎて、四時間目の終わりごろには、「楽しみ」を通りこして、ふきげんマックスになっている。

そしていまはまさにその四時間目が終わったところ。

はやく給食の準備をしたいルミにとって、それを少しでもおくらせるものはすべて敵にひとしい。

サトルもそれはわかっているから、おとなしくひきさがった。

ほかにもおなかがすいている子はたくさんいる。クラス全体を敵にまわす必要もない。そもそも自分もはやく食べたい。

そんなわけで、ショウタの筆箱に入れられた怪文書のことも、クリームシチューのあたたかくまろやかなにおいとともに、うやむやになった……はずだった。

波乱の学級会

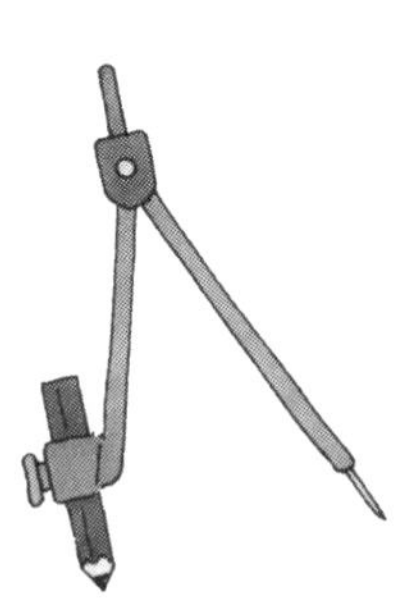

それから二日たった水曜日。
五時間目、ショウタは前にたって学級会の司会をしていた。
三年生から持ちあがりのクラスだけれど、なんとなくいごこちがわるいのは、たんにんの岡崎先生がいないからだけでなく、にぎやかなはずの四年一組の教室がしずまりかえっているからだ。
岡崎先生がお休みすることになって、すぐにかわりに来た安藤先生がこわいから、みんなさわいだり、おしゃべりしたりすることもなく、おとなしくすわっている。

でも、ショウタの胃がきりきりしているのは、それだから、というだけではない。ただでさえきんちょうするこの仕事にくわえて、この中に自分が学級委員でないほうがいいと思っているクラスメイトが少なくともひとりはいる、と思うと、それだけで気もちが暗くなってくる。

けれども、その一名と自分以外の二十八人は、なにも気づいていないにちがいない。いや、その一名（××）だって、ショウタの気もちまではわからないだろう。

親からさえも、

「この子、だいじょうぶかしら」

と心配されるほど感情が顔に出ないからだ。

それはそれでやっかいなこともあるのだけど、少なくともいまはそのおかげで委員の仕事もとどこおりなく終わる……。

と思っていたら、そうでもなかった。

そうじ当番の順番を決め、飼育当番のグループ分けが終わり、ショウタが、

「これで学級会を終わります」

といおうとしたときのこと。吉田サトルが、いきなり右手を高くあげたのだ。

「はい、吉田くん」

いいながら、ショウタはいやな予感がしていた。

そしてその予感は……

すぐにあたった。

「クラスの中に、へんな手紙とかを書くひとがいるので、やめてもらいたいと思います！」

サトルは、正義感全開、といったドヤ顔でそういった。

しずまりかえっていた教室は、にわかにざわざわしはじめた。

「え、なに、それ」

「へんな手紙って？」

前のほうの席にいたアッピーが、サトルのほうにふりかえって、

「へんな手紙、もらったの？」

と大声できいた。

クラスのみんなが、うしろの席のサトルのほうに注目する。

安藤先生までが、腰をうかせてサトルのほうを見た。

「い、いや、ぼくじゃなくて、ショウタが……」

こんどはクラスがいっせいに、前にたっているショウタに注目した。もちろん安藤先生も。

壇上から見ていたら、まるで号令がかかったみたいに、クラス全体がみないっせいにサトルのほうを向き、それからこっちを向いた。

むしろ号令をかけたときより、よくそろっているなあ、と、ショウタはみょうなところに感心した。

「ショウタ、へんな手紙もらったの？」

またしてもアッピーだ。あっけらかんと、ふつうのことをきくようにきいてくる。

ききにくいことをこんなふうにむじゃきにきくことって、なかなかできないよなあ、と、ショウタはまた感心する。

まあ、たぶんアッピーはききにくいとも思っていないんだろうけど。

とにかく、こうなったからにはなにかいわないわけにいかない。

ショウタはいっしゅんまよったけれど、つぎの瞬間には、こういっていた。

「もらってません」

いってから考えた。

……「へんな手紙」はもらってない。「腹のたつ手紙」をもらったんだ。

みんなは、こんどはばらばらに、サトルとショウタを交互に見た。

サトルは、心なしか上気した顔でたちあがった。

「こないだ、筆箱にはいってたじゃないか。学級委員をやめろとかなんとか」

えーっ、という声が女子たちからあがった。

ところが、大さわぎになりそうになったとき、安藤先生がたちあがっていった。

「そういう手紙をもらったんですか」

ことばはていねいだけど、すごみのある声だった。

教室中が水をうったように、またしずまりかえった。

ショウタはそれでもまゆひとつ動かさず、

「もらってません」

といった。

そして、少なくとも見かけだけは落ち着きはらって宣言した。

「これで、学級会を終わります」


……


「学級委員をやめろ」じゃない。

「はやくクラスいいんをやめろ」だ。

ウソはついてないぞ、と、ショウタは心の中でドヤ顔をしていた。

立候補の理由

水曜日は五時間授業の日なので、その日はそのまま終わりになった。

ショウタは、心の中でドヤ顔をしたわりには、そのあともしばらくむしゃくしゃする気分がぬけなかった。

「腹のたつ手紙」のせいではない。みんなの前でそんなことをいったサトルにたいしてである。

クラスの中にそういうことを思っているひとがいる、ということをわざわざ広めたようなものだ。

けれども、そのあとはだれからもなにもいわれなかったし、サトルと目があったとき、ほんとうに心配そうな顔をしていたのでよしとした。

ショウタは、いつも明るいピョンタや、元気なアッピー、マイペースのアキラとはちがった意味で、たち直りがはやい。

ピョンタはなんでもすぐにわすれてしまうし、アッピーとアキラは、それぞれべつの意味でなにも考えていない。アッピーはものごとのプラスの面しか見ていないし、アキラはひたすらマイペースなのだ。

でも、ショウタはそのどのタイプともちがう。

ショウタは、頭で考えて、りくつで自分をなっとくさせて、たち直ることにしている。

今回も、

①手紙を書いたのはだれだかわからないが、このようなかたちでしか意見がいえないいくじなしである。
②サトルはわざとわるいうわさを広めようとしたわけではなく、ふゆかいな手紙を書く人間がクラスにいることを心配しているようだ。

という二点により、自分がなやむ必要はない、と結論を下した。

ピョンタのようになにもかもわすれてしまってスッキリ！　というわけでもないのだけれど、まあ、いつまでもぐずぐず考えたところで自分ではどうしようもない。と、自分で自分にいいきかせ、ショウタはランドセルをしょって外に出た。

帰るとき、となりのクラスの男子といっしょになった。一年と二年のときに同じクラスだった高峰ヨウスケだ。いまは一組と二組に分かれてしまっているけれど、前はよく遊んでいた相手だ。

「いま、帰り？」

声をかけられて、ショウタはえがおを向けて（向けたつもりで）おう、と応じた。

「いっしょに帰らない？」

「いいよ」

ひさしぶりでうれしかったのだけど、きっとヨウスケにはどっちでもよさそうに見えるんだろうな、と、ショウタは内心残念に思った。でも、もちろんそれだって顔に出るわけではない。

ヨウスケもヨウスケでとくに話があるようでもなく、なにも気にしていないようにとなりを歩きはじめた。

ところが、開口一番にヨウスケがいったのは、

「ねえ、中学受験するの？」

だった。

ショウタはちょっとおどろいたものの、ふつうの声でいった。

「まだ決めてないけど、どうして？」

するとヨウスケは、ちらっと横目でショウタを見て、「ふうん」という顔をした。

どういう意味だろう、とショウタが思う間もなく、ヨウスケは、

「でも、そのために学級委員になったんだろ？」

といった。

「ちがうよ」

それは間髪をいれずにいうことができた。ほんとうにちがうからだ。

委員に決まったときは、たしかにそういった。とっさのてれかくしとして。

だけど、となりのクラスのヨウスケがどうして知っているんだろう？ちょっとききたい気もしたけれど、一組と二組には、ふたごの大沢マサオとヨシオのきょうだいもいるし、クラスをまたいでなかのいい女子もたくさんいる。まあ、つたわったところでふしぎはない。どっちみちみんなの前でいったことだ。知られてこまることでもない。

ショウタは頭の中ですばやく考え、きかなくてもよし、と判断した。

ヨウスケはまだなにかいいたそうだったけれど、ちょっとだまったあとで、質問を変えた。

「どこか、塾に行ってるの？」

「行ってない」

これも瞬殺で答えた。ほんとうのことだから。

「行かないの？」

「行く気はない」

これも、即答。

「じゃあ、やっぱり受験はしないわけ？」

「それはわからない」

ショウタがさらりというと、ヨウスケはふくざつな顔でこっちを見た。

「受験するかどうかは決めてないのに、塾に行かない、ってことは決めてるの？　でも、受験するなら進学塾に行かなくちゃだめなんじゃないの？」

「どうして？」

こんどはショウタが質問した。

ヨウスケはいっしゅんことばにつまった。

「だって……塾で勉強しなくちゃ、入試に受からないじゃないか」

「そうかな」

ショウタがいうと、ヨウスケはだまりこんだ。

それからしばらくふたりは無言で歩いたけれど、分かれ道が近づいたとき、ヨウスケがちょっとせきばらいしてからきいた。

「もしかして、塾に行かないで受験しようとしてる？」

それにたいして、ショウタはちょっと考えてから、まじめな顔で答えた。

「受験するとしたら、そうなるね」

ヨウスケはびっくりしたように目をみひらいた。

「それで……落ちたらどうするの？」

ショウタはちょっと肩をすくめた。

「べつに。どうもしないさ。青空中学校に行けばいいんだから」

それから、ショウタは、「じゃあ」と手をふって自分の家のほうに向かって歩きつづけた。

ふとふりむくと、ヨウスケは、ぽかんとした顔でこっちを見たまま、たちつくしていた。

いっぽう、ショウタはなんだかはればれした気分だった。ヨウスケと会話したことで、自分がやりたいことがはっきりしたからだ。

そう、ショウタはたしかに中学受験にきょうみがあった。

けれども、それは有名私立中学に行きたいからではない。地元の公立青空中学校に行きたくないからでもない。中学受験の入試問題にきょうみがあったのだ。

だれかが、塾の問題集を学校に持ってきていて……それをのぞいてみたとき、なんだか楽しそうだな、と思って、頭の中でときはじめた。

すると、その子が、じまんそうにいったのだ。

「むずかしいだろ。こういう問題がとけないと有名中学にはいれないのさ。ぼくが行ってる塾では、こういう問題のときかたを教えてくれるんだ」

そのとき、頭の中で計算し終わっていたショウタは、

「答えは20だよね？」

といった。

その子がだれだったかわすれたけれど、その問題がおもしろかったことと、自分の答えが合っていたことだけはおぼえている。

それ以来、中学受験の過去問題をとくのが趣味になった。

ショウタにとっては、クイズやゲームをやっている感覚なのだ。いや、クイズやゲームよりも、かくだんにおもしろい気がする。

まだときかたをならっていない計算問題は、できないこともあるけれど、ふつうの文章問題や図形の問題は、地道にといていくと、必ず答えにたど

りつける。なかなかうまくいかないときも、絵や図をかいたりしながら、謎ときの気分で考えるのが楽しい。

そうやって、算数の問題ばかりといていたけれど、ほかの科目のものも買ってみると、これがまたおもしろい。

歴史の問題の答えは、物語や時代劇の番組で知っていたし、理科はユーチューブで実験動画を見ると答えがわかったりする。そのうえ、ショウタは小さいころからいろんな図鑑を見るのがすきだったので、自然に植物や動物の名まえもおぼえていた。

そんなこんなで、ショウタは「塾にも行かず、だれの手も借りず、入試問題をとくことができるか!?」という、自分でつくった課題に自分で挑戦してみたくなってきた。

一時期、むちゅうになりすぎて学校の昼休みにもといていたら、いつのまにか「ショウタは受験するらしい」といううわさが広まった。そのとき、「ほんものの入試を受けてみようかな」という気になったのだ。

ショウタは三年生のときに、すでに四年の問題集を買っていたけれど、いまはそれも終わってしまって、五年生の問題集をといている。このまま学年が進んで学校の授業も進めば、いろんな知識もふえて、入試に合格できるんじゃないかと思いはじめ、ためしてみたくなった。

もちろん、私立中学の中には、おもしろい校風のところや、めずらしい部活があるところなどがあって、そういう学校にきょうみがないわけではない。どこかの中学に受かって、そこにはいりたいと思えばはいってもいい。

けれども、いまのところ、地元の青空中学校よりもはいりたいと思える中学は見つかっていない。

この地域では、青空小学校の校区イコール青空中学校の校区だから、ほとんどがそのままとなりの中学校に進学する。しかもほかの校区から来る生徒もいないので、受験やひっこしさえしなければ、小学校の同級生と別れることはない。まるで持ちあがりのようにそのままみんなで同じ中学に行けるのだ。

……だから……。

ショウタは、頭の中で自分の気もちを整理した。
そして、すぐに結論を出した。

①自分自身のチャレンジとして中学受験をする。
②でも、進学塾には行かない。

③受験をするのは、学校の勉強と、読書やテレビその他でえた知識だけで合格できるかどうかをためすためである。

④なので、行きたい学校が見つからなかったら、合格しても入学はしない。そして青空中学校に行く。

心の中に書きだしてみたら、自分のやりたいことがはっきりと見えてきて、気分もはればれしてきた。ついでに、「中学受験で有利になるために学級委員に立候補したわけではない」ということを、自分で自分にはっきりということができて、スッキリした。

そこまで考えて、ふと気がついた。

「学級委員にふさわしくない」といわれたのは、もしかして、自分がとくするために、立候補したと思われたから……？

そうだとすると、××の言い分も少しはみとめてやらなければならない。なにしろ学級委員は（ほかの委員もだけど）クラスの代表なのだから、個人的な欲に走る人間ではいけない。自分のためにではなくクラスのために委員会活動をしているところを××にも見せて安心させてやらなくては。でも、どうやって……？

ただじゃおかない

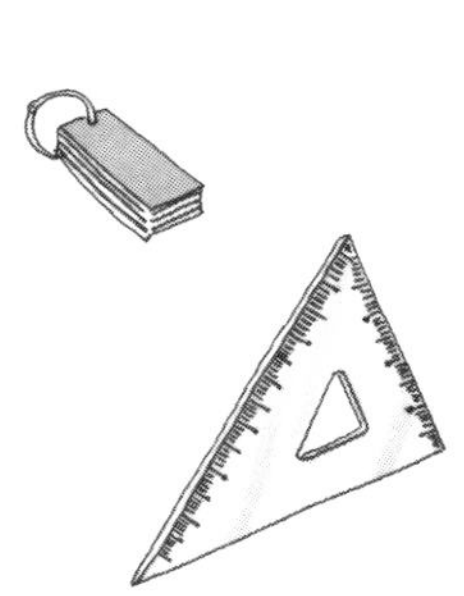

「ふつうにしてればいいんじゃないの？」

にこりともせずにそういったのは、雑誌のモデルもしている給食委員ルミだった。

「ショウタは、ちゃんと学級委員として、みんなのためにがんばってるんだからさ」

たまたまふたりで、ごみ当番になったときのこと。

ショウタとルミで、一般ごみと資源ごみを集積所まではこびながら、なぜか怪文書の話になったのだ。

「あたしなんか、そんなのしょっちゅうもらってるよ」

ルミがあたりまえのようにいうので、ショウタは思わず顔をあげた。

「え、そんなの、って？」

「『モデルやめろ』とかさ。あと、『あんたなんか「プリティ・ガールズ」の表紙にふさわしくない』とかもあるよ」

思いがけないことばに、ショウタはおどろいた。

少女モデルの人気投票ナンバーワンのルミにも、そんなことがあるのか。

「そんな手紙、どっから来るの？」

「さあ。でも、けっこうたくさん来てるのかも。マネージャーのヨウコさんがヘンなのはかくしちゃうんだけど、たまに見えちゃうときがあるんだよね」

「へえ」

ショウタはいっしゅん、ことばにつまった。

ふだんのルミを見ていると、そんないやがらせの手紙をもらったことがあるようにはとうてい見えない。というか、給食のことしか考えていないようにしか見えないのだ。

でも、もしかしたら、人知れずなやみをかかえているのかもしれない。

そんな手紙が来たときのルミのかなしみを思って、すでにショウタの内側では、なみだがあふれそうになっている。外側は鉄仮面のごとく、変化はないのだけど。

「そういう手紙見たら、どうするの？」

参考として、ぜひききたい。

「べつにどうもしないよ。だってさ、『ジュンとつきあうな』、とか『ジュンはわたしのものだから』とか書いてあるんだよ。わらっちゃうよ」

……ルミでもわらうことがあるのか。

……って、そこじゃなくて。

「ジュンってだれ？」

「『スタージェット』のボーカル。知らない？　さいきん人気のアイドルグループ」

「知らない」

いつものポーカーフェイスでいながら、なんだか胃がしくしくする。

「つきあってんの？」

ショウタにしては勇気ある質問だが、ルミはなんでもないようにフン、と鼻を鳴らしてこたえた。

「まさか。口きいたこともないよ。『プリティ・ガールズ』の撮影でいっしょに写真とっただけ」

「いっしょに撮影したのに、口きかなかったの？」

「うん。だって、用ないもん」

すごいな、と思いながら、胃のしくしくがおさまってくる。

「で、『モデルやめろ』とか書いてあっても、べつに平気？」

「平気だよ、そんなの。知らないひとになにいわれたって、どうってことないし」

ますますすごいな、と、ショウタは内心舌をまく。

「でも、知ってるひとだったら、いやだろ？」

すると、ルミはたち止まって、ちょっと考える顔をした。

「そうだなあ。考えたこともないけど……まあ、べつに平気かも」

「ふうん」

強いね、といいたい気もするけど、いってよろこぶかどうかわからないからやめておく。

「でもさ」

ショウタがなにもいわないのに、ルミが自分からいった。

「『給食のおかわりするな』っていわれたら、おこるだろうね」

「なるほど」

それはそうだろう。

「じゃあさ、『給食委員やめろ』っていわれたら？」

ショウタがきくと、ルミは資源ごみをどさっと集積所に投げこみながら、一オクターブひくい声で、ひとことといいはなった。

「ただじゃおかない」

きれいな、茶色がかったひとみが、めらめらと燃えている。全国のルミファンが走って逃げてしまいそうなはくりょくだった。

けれども、愛らしいその顔にうかんだすごみのある表情を見て、ショウタは、思わず感動した。

……ほんとに給食のことしか考えてないんだな。

そして、自分も学級委員として、これからは四年一組をまとめることだけ考えていよう、と、かたく決心したのだった。

学級委員（がっきゅういいん）の仕事（しごと）

そんなこんなで、いっときは身（み）も心（こころ）もさっぱりしたショウタだったはずなのだが、どういうわけか、怪文書（かいぶんしょ）のことをわすれさせてくれないのが、となりの席（せき）の吉田（よしだ）サトルだった。

あの学級会（がっきゅうかい）のあとは、ことばでなにかいってきたりはしない。

けれども、どうも、ショウタの身（み）のまわりをさぐるような目（め）つきで見（み）てくるのだ。

ランドセルをあけると、すかさずのぞきこんできたり、筆箱（ふでばこ）をあけるたびに、となりの席からちらちら見てきたり。

いかにも、またへんな手紙がはいっていないか、かくにんしようとしているように。

こちらがいやがっていることをわからせようと思うのだけど、生まれつきの無表情がわざわいしてしまって、なにもつたわらない。自分では必死にいやな顔をつくっているつもりなのだが、相手はなにも感じないらしい。

何日間かはがまんしていたショウタだが、とうとうたまりかねて、あるとき、わざと非難がましくきいてやった。

「なにかさがしてるの?」

ところが、どうやらそれもうまくつたわらなかったのか、サトルは満面に笑みをうかべて、まってました、といわんばかりにいった。

「いや、なにかひみつがあるんじゃないかと思って。ショウタって、塾に行かずに中学受験するんでしょ？　すごいよなあ。なにかすごい道具でもあるの？　特別な文房具つかってるとか？」

「はあ？」

そっち？

ショウタは目をまるくした。相手にもそう見えたかどうかはべつとして。

なにをいってるんだ、サトルは。

怪文書をさがしてるんじゃや、なかったのか。

でも、それより、塾に行かずに受験しようとしていること、なんで知ってるんだ？

「だれからきいたの？」

ところが、サトルはそれをちがう意味にとったらしい。

「うわ、やっぱり！　文房具になんかひみつがあるんだね？　ねえ、どんなものつかってるの?」

ショウタはあきれかえってしまった。

ドラえもんじゃあるまいし、四年生にもなって、魔法のエンピツかなにかがあるとでも思ってるのか……?

いっしゅん、そういってやろうかと思ったとき、ふと、となりのクラスのヨウスケのことを思いだした。

……そういえば、ヨウスケとそんな話、したな。

ヨウスケには、塾に行かずに受験しようと思っていることをいった。

「もしかして、二組のヨウスケからなにかきいた?」

いってから、サトルはまた文房具のことだと思うかもしれない、と思った。

けれども、サトルは急にぎくっとした顔になり、

「いや、べつに……」

といって、むこうを向いてしまった。

……へんなやつ。

ショウタはそう思ったけれど、きっとそれも顔には出ないだろう。とりあえず、じろじろ見られなくなってよかった。これがつづけばいいんだけど。ショウタは心からそう思った。

その日は月曜日だったので、六時間目が委員会活動だった。

クラス委員だけが残って各委員会の教室に行くので、ほかの児童は五時間目が終わったら帰ることになる。

帰りの会の司会も学級委員の仕事なので、ショウタは前に出て、

「クラス委員のひとたちは、このあと、それぞれの委員会の教室に行ってください。それ以外のひとは、そうじ当番をよろしくお願いします」

といって、自分の席にもどろうとした。

そのとき、どこからともなく、

「ずるいな、委員はそうじしないなんて」

というつぶやきがきこえた。

ショウタがその声のしたほうを目で追ったのと、計画委員ナビ子が席をけたてたちあがったのが、同時だった。

「だれか、いま、なんかいった!?」

そのはくりょくに、クラス全体がしずまりかえった。

ナビ子は、うでぐみをしたまま教室を見わたした。

ナビ子のいかりモードは、四年一組全員をだまらせるのにじゅうぶんだったらしい。ついでに安藤先生も。

ショウタはそのまま、席にもどり、

「きりつ！」

と号令をかけた。

ナビ子がすわったのと、みんながたったのが同時になってしまったけれど、心の中にさざなみ、いや、大波がたってしまったショウタはそれどころではない。

自分の動揺をさとられないためにも、急いで、

「さようなら！」

と、つぎの号令をかけた。

みんなも、いつもより大きい声で、

「さようなら！」

といった。なかには声がうらがえっている子もいた。

ナビ子は、いかにもふきげんそうにたちあがると、あらっぽくランドセルをしょって、おおまたで教室を出ていった。

ほかの委員の子たちもあとにつづき、平然としている飼育委員アキラのうしろから、なやみ体質の体育委員トモくんが、もうしわけなさそうにぺこぺこしながら出ていった。

最後に学級委員ショウタも、わすれものがないかたしかめてから、落ち着いて席をたった。

ほかのみんなは、だまったままそうじの持ち場にちっていった。教室そうじの子は、はやくもホウキやらちりとりやらをロッカーから出し、しんみょうな顔でそうじをはじめている。

……ナビ子、さすがだな。

と、感心しつつも、ショウタがちょっと気まずく思いながらふりかえると、ひとり吉田サトルだけがホウキかた手に、こっちを向いてにこにこしている。

ショウタがかるくうなずいてみせると、サトルはえがおのまま「じゃあな」というように、あいている手をあげた。

その日の学級委員会は、おもに児童会活動についての話し合いだった。

まずは、たんとうの横川サユリ先生のお話。

「学級委員の仕事については、前回もお話ししたとおりです。

①朝の会と帰りの会で号令をかける
②学級会の司会をする
③学級日誌の管理をする
④日直やそうじ当番の順番を決める
⑤その他、クラスごとの活動のリーダーをつとめる
⑥児童会の活動に協力する

①から⑤のお仕事は、もうはじめてくれていますね。
ですから、今日はおもに⑥の児童会活動についての理解を深めてもらいたいと思います。

では、まず、児童会長の笹山アンナさんから、児童会についての説明をしてもらいますね」

そういわれて、学級委員長である六年生の笹山さんが、前に出て教壇の上にたった。

「児童会長の笹山アンナです。

この青空小学校には、九つの委員会、つまり、学級委員会・計画委員会・図書委員会・放送委員会・給食委員会・飼育委員会・体育委員会・保健委員会・環境委員会があります。

各委員会では、六年生の中から委員長が選ばれます。そして、ぜんぶの委員会の委員長九人が「児童会」を形成し、その中からひとり、児童会長が選ばれます。

毎年、学級委員長が児童会長になっていて、今年も学級委員長であるわたしが児童会長をつとめることになりました。

児童会は、九つの委員会の横のつながりをつくるためにあります。その目的は、学校全体をまとめることです。

ですから、クラスをまとめる学級委員の委員長が、児童会長をつとめることになるのです。

あとの八人の委員長の中から、副会長が選ばれることになっていますが、今年は給食委員長の田村くんに決まりました。

さて、学校全体がまとまるためには、まずはひとつひとつのクラスがまとまっていることがたいせつです。

三年生までは、たんにんの先生になんでもやっていただきますが、四年生以上は、自分たちでできることは自分たちでやっていかなければなりません。けれども、三十人のクラスメイトがばらばらではなにもできません。

なので、クラスをひとつにまとめ、みんなで活動をしていくために、まずは各クラスで、学級委員であるみなさんががんばってください」

笹山さんは、原稿を読んでいるわけでもないのに、よどみなく流れるようにせつめいをしてくれた。

……学級委員の仕事はクラスのまとめ役。そのまとめ役のまとめ役というだけでなく、ほかの委員会のまとめ役までやるのか。たいへんだな、委員長、いや、児童会長……。

そんなことを考えながら、ショウタはゆううつになってきた。

どうしても、あの「おまえはふさわしくない」という文章がちらついてしまうのだ。

……そもそも「まとめ」って、なんなんだろうな。

「クラスをまとめる」というのは、よくよく考えると、わかるようでわからないことばだ。

だれかがふまんを持っていたり、だれかが不公平だと思っていたりするのは、まとまっていないクラスで、それって、学級委員の仕事ができていない、っていうことなんだろうか。

ショウタの頭に、さっきの「ずるいな」ということばと、いかりをあらわにしたナビ子の顔、もうしわけなさそうなトモくんの表情がよぎった。

……学級委員の仕事は「クラスをまとめること」。……でも、それって、いっ

たいなにをどうしろと……？

と、考えているうちに、児童会長の笹山さんは、話を終えて、いちどみんなの顔を見わたした。

「なにかしつもんはありますか？」

いかにも「優秀なひと」という感じの笹山さんは、人差し指で眼鏡をおしあげながらいった。

ショウタは思わず、反射的に手をあげていた。

「はい、四年一組の石丸さん」

指名されて、ショウタはいすがひっくりかえらないよう、用心深くゆっくりたちあがる。

「あの、クラスのまとめって、なにをするんですか？」

ショウタがきくと、笹山さんは、ちょっとおどろいたような顔をした。ほかの委員たちも、つられたようにショウタのほうをふりかえった。

「クラスの中でこまっているひとを助け、みんなの気もちをひとつにするんです」

笹山さんの表情にまよいはない。

おどろいた顔をしたのは、むしろ「わかりきったことをきくな」という意味だったらしい。

ほかのみんなも、「そうだよな」というようにうなずいている。

あまりにきっぱり答えられたので、「みんなの気もちをひとつにするためには、どうすればいいんですか？」という、さらなる質問をするタイミングをのがしてしまった。

ショウタが心の中でこんなに右往左往しているなんていうことは、だれにもわからない……かどうかはわからないけれど、少なくとも笹山さんは想像もしていないにちがいなかった。

なんだかわりきれない気もちで帰ろうとすると、げた箱のところで二組のヨウスケに会った。

「あれ、なにか委員会にはいってるの？」

ほかのみんなはそうじも終わって、とっくに帰っている時間だったから、ショウタは思わずそう声をかけた。

ところが、ヨウスケは、あいまいな笑みをうかべながら、

「いや、そういうわけじゃないんだけど……いっしょに帰れる？」

といった。

そういうわけじゃないなら、どういうわけなんだろう、と思わないでもな

かったけど、ききそびれた。ショウタはふたつめの質問をするのがにがてなのかもしれない。

ともかく、

「いいよ」

といってならんで歩きはじめると、ヨウスケは、

「学級委員会って、どういうことやるの？」

ときいてきた。

ショウタは、自分でもよくわからないところがあるのに、ひとにせつめいするのは気が引けたけれど、ともかく、今日の会できいたことはぜんぶつたえた。

「ふうん」

ヨウスケがしばらくだまっていたので、「まとめって、なに？」ってきか

れたらどうしよう、とショウタが思いはじめたとき、いきなり、

「学級委員のいうことって、みんなきかなきゃいけないの？」

ときかれた。

「え？」

「ほら、さっき、『みんなの気もちをひとつにする』っていったでしょ」

「ああ」

ショウタがうなずくともなくうなずくと、ヨウスケはふまんそうに口をとがらせた。

「なんか、そういうの、おかしくない？　みんなの気もちをひとつにするって、みんなが同じことを考えるようにしろ、ってことでしょ？」

「…………」

そういう考えかたもあるかもしれない。

「そもそも、いくら六年生だって、児童会長にそんなこと強制する権利あるのかな」

ヨウスケがちょっとこうふん気味にいったので、ショウタは「まあ、まあ」と、肩でもたたいてやりたくなった。

「笹山さんは、べつにそこまでいってないよ」

ショウタは、内心ではためいきをついていた。

四年一組のだれかに、もしそういわれたとしたら、そのときどうしたらいいかわからない。

中学受験の入試問題のほうがはるかにかんたんな気がする。だって答えが決まっているのだから。

そんなショウタの思いを知ってか知らずか、ヨウスケはまだこだわっている。たぶんショウタの返事では答えになっていないからだろう。

「ともかく、ショウタは一組でクラスをまとめるわけだろ？　みんなにいうこときかせるわけ？」

……「いうこときかせる」とかいわないでくれよ。ぼくが委員の仕事を決めてるわけじゃないのに。

そう思ったけれど、まずは必要最小限のことだけ答える。

「クラスがまとまるように、努力はする」

ナビ子みたいに、はくりょくでだまらせる、というわけにはいかないけれど。でも、四年一組は、べつにショウタがむりをしなくても、じゅうぶんまとまっているクラスだと思う。

……ただ……。

この前の脅迫文のことや、今日のだれかさんのことは気になる。なにかあったとき、どんな顔をしたらいいか考えておいたほうがいいかもしれない。

いや、顔はたいして変わらないからいいか。でも、どんなことをいえばいいのかは、考えたほうがいいな。

……もし、ヨウスケがうちのクラスにいたとしたら……。

ちょっときょうみがわいたので、きいてみた。

「ヨウスケだって、クラスはまとまっているほうがいいだろ?」

するとヨウスケは肩をすくめていった。

「べつに。むりしてまとまる必要もないし。まあ、どっちにしても、二組の学級委員は気の弱い女子だから、だいじょうぶ」

ショウタはどきっとして、おうむがえしにきいた。

「え、だいじょうぶ、って、なにが?」

「なにかさせられそうになっても、いやだ、っていえばだいじょうぶ、ってことだよ」

「どうして『いやだ』なんていうの?」

するとヨウスケは、びっくりしたような顔をした。

「だって……よけいなことはやりたくないじゃないか。先生のいうことはきかなきゃいけないだろうけど、もしクラス委員なんかにめんどくさいことやらされそうになったら、だれだっていやだろ。そういうときは、はっきりいうよ」

「よけいなこと、ってどんなこと？」

「え……まあ、学校の勉強に関係ないこととか」

……学校にいたら、勉強に関係ないことも、たくさんあるけど。

ショウタはそう思ったけどいわなかった。

「ショウタは、勉強に関係ないことでも、よろこんでやるの？」

ヨウスケはさぐるような目つきでいったが、ショウタはさらっと答えた。

「クラスのためになることならね」

ヨウスケはちょっとおどろいた顔になったものの、すぐに口のはしをちょっと持ちあげて、にっとわらった。

「そうだよな。学級委員だもんな」

……学級委員じゃなくても、やる。

そういいたかったけど、だまっていた。

口数の少ないショウタは「もうひとこと」をいうのがにがてなのかもしれない。

クラスを、まとめる

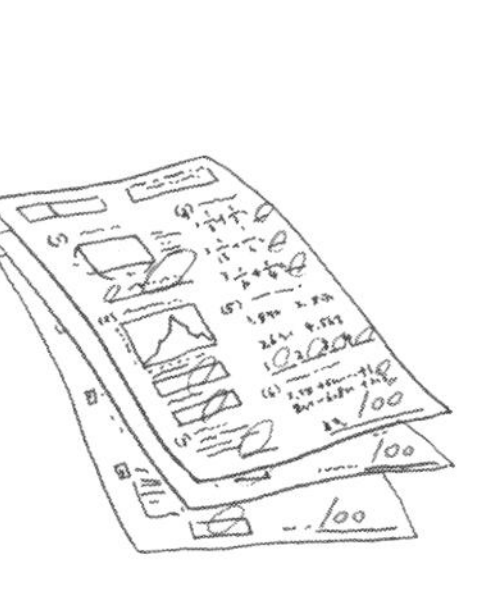

五月の連休があけてしばらくたったころ、たんにんの岡崎先生は、おどろくべきはやさでけががなおって、退院することになった。

四年一組のみんなは、岡崎先生が帰ってくることになって、大よろこびだった。

けれども、岡崎先生がもどってくるということは、かわりに来ていた安藤先生がいなくなる、ということでもある。

はじめはこわかった安藤先生だったけれど、このころには、一組のみんなもすっかりなついていた。じつは安藤先生は、みんなを力でおさえつけようとしていたのではなくて、教壇にたつのがはじめてだったので、きんちょうしすぎて大きい声が出てしまうだけだったのだ。

それだけではない。まったくえがおを見せてくれなかった安藤先生は、ほんとうは、クラスのひとりひとりのことをよく知ろうと必死に努力していて、はやくからみんなの気もちをわかってくれていたのだ。

それがわかったのは、クラスのものをとったカラスをさがしにいって、ショウタたちが林の中でまいごになったときのこと。安藤先生は、全力でみんなを追いかけて、林から出られなくなっていた子どもたちを助けだしたのだ。

それからは、クラスのみんなも親しみを感じるようになり、安藤先生を「ゴンちゃん」と呼ぶようになった。

おもしろいことに、岡崎先生に恋をしていて、だれよりも岡崎先生の帰りをまちこがれていたアッピーが、いちばん先にゴンちゃんのよさに気づき、ゴンちゃんとの別れをいちばんおしんでいた。

そんなこんなで、アッピーが、安藤先生のためになにかできないかな、といいだした。

「先生になにかプレゼントしよう。おこづかい少しずつ出し合って。あと、ほかに、みんなでつくれるものをなにかつくろうよ」

すると、地図をかくのがとくいなナビ子がいった。

「青空小学校のまわりの地図とかつくらない？　もちろん道はまかせてね。林の中以外だったら、どんな地図でもかけるから」

記憶力のいいホン子もいった。

「あたしも、お店の名まえとか、ぜんぶわかる」

絵がとくいな花屋のむすめエコは、

「じゃあ、あたしは木や花をぜんぶかいてあげる」

といい、おいしいものが大すきなルミは、

「あたしは食べものに関係あること書こうっと」

といった。

「でもさ」

ショウタがいった。

「ここにいるひとだけでなにかやるんじゃなくて、クラス全体でお別れ会しないか？ ゴンちゃんにお世話になったのはクラス全員なんだし、さびしい気もちはみんな同じだろ？」

ほかのみんなもうなずいた。

「さすが学級委員ショウタ。じゃあ、さっそくショウタから声かけて。今日、ゴンちゃん、先生の研修で帰りの会に出られないんでしょ。クラスのみんなだけで相談できるチャンスだよ！」

ナビ子が、「がんばって」というようにショウタの肩をたたいていった。

その日、安藤先生が出かけてしまったあとの帰りの会で、司会のショウタは、クラスでゴンちゃんにかんしゃの気もちをあらわそう、とていあんをした。そして、全員一致で、クラスタイムの日にサプライズでお別れ会をひらくことに決まった。

これから、先生にないしょで、いろいろな準備をしなければならない。

リーダーとなるショウタは、ちょっとたいへんだな、という気はしたけれど、クラスがまとまっていることのほうがうれしかった。

だれもはんたい意見をいわなかったし、準備の仕事をやりたくないといったひともいない。

となりのクラスのヨウスケがいったことが、なんとなく気になっていたショウタとしては、それだけで、もう会が成功したような、ほっとした気もちだった。

ところが、安藤先生のお別れ会まであと三日となったある日。

放課後、ルミがゆううつそうな顔でショウタのところにやってきた。

「ねえ、お別れ会の準備の仕事、ショウタもてつだってくれない？」

ショウタは、自分も「お別れのことば」の原稿書きと、くじ引きゲームのカードづくりで、いっぱいいっぱいいっぱいだったけれど、めずらしくこまった顔をしているルミを見て、思わず、

「いいけど、なんのてつだい？」

といった。

「輪かざりづくり。あたし、輪かざりとくす玉の係になったんだけど、ほかに地図づくりのぶんたんもあるし、青空小の給食こんだて表のプレゼントもつくってるから、まにあいそうにないんだよね。ともかく、くす玉づくりにものすごく時間がかかっちゃったから、輪かざりづくりがむりそうなんだ」

「輪かざりの係、ほかにもいたんじゃなかった？」

すばやく頭の中の一覧表をさぐる。

……吉田サトルだ。

ショウタの頭には、クラスメイト三十人のお別れ会準備のぶんたん表がしっかりきざみこまれている。

輪かざりの係はルミとサトル。しかもサトルは、輪かざり以外はどこの係にもはいっていない。

「たしか、本番でなにもやりたくないからって、輪かざりに手をあげてたよね。しかも、ほんとはくす玉づくりとセットだったのに、輪かざりだけ、っていって」

ショウタは、こまったように肩をすくめてみせた。

「じゃあ、ぼくもてつだうし、クラスのほかのみんなにも声かけるよ。それにしても、サトルはどうして、そんなにいそがしいのかなあ。たったひとつの係の輪かざりづくりもできないなんて」

ショウタがいうと、ルミはぷっとほっぺたをふくらませた。

「知らない！　やりたくないだけじゃないの？」

給食をたくさん食べたはずなのに、おこっている。ルミが午後きげんがわるいのは、よほどのことだ。

ショウタは小さくためいきをついた。

「ぜんぜんできないなら、手をあげないでほしいよなあ」

いそがしいから、かんたんそうなものに手をあげたのだろうか。

でも、けっきょく、めいわくをかけているではないか。できない仕事に手をあげたのだとしたら。

ショウタの頭の中で、ずっと前にきいたヨウスケのことばがリフレインした。

……よけいなことはやりたくないじゃないか。先生のいうことはきかなきゃいけないだろうけど、もしクラス委員なんかにめんどくさいことやらされそうになったら、だれだっていやだろ。

もしかしたら、サトルも、ヨウスケのように「めんどくさいからやりたくない」と思っていたのだろうか……。

いろいろ考えたら気がめいってきたけれど、顔に出なかったからか、ルミがぽん、と肩をたたいてきて、いった。

「ありがとね。助かる！」

「え？」

きょとんとしたショウタに、ルミはにっこりと、白い歯を見せてわらいかけてきた。

「てつだってくれるんでしょ？　クラスのみんなにも声かけてくれるんだ。さすが学級委員。たよりになる！」

そのとたん、下校時刻のチャイムが鳴って、「楽しいポーレチケ」の曲が流れはじめた。

ルミは、ショウタがなにもいわないうちに、自分のランドセルをしようと、じょうきげんの顔になって出ていった。

……めずらしい。いくら給食のあとだとしても、あんなにわらうなんて。

男子にめったにえがおを見せないルミのことだから、よっぽどほっとしたんだ

ろう。

ということは、これまでがそれだけたいへんだった、ということでもある。

ショウタはいままで、準備係がそんなことになっていたということに気づいていなかったことを、はげしく反省した。


みんなが楽しみにしているお別れ会。

みんながはりきっている準備係。


でも、ほんとうは「みんな」ではないのかもしれない。「みんな」＝「全員」ではないのかもしれない。

ショウタは、「学級委員だもんな」といったときのヨウスケの顔を思いだした。

そして、その前に、「中学受験のために学級委員になったんだろ?」といわれたことも。

さらにさかのぼって、「おまえは　学級委員に　ふさわしくない」という内容の手紙を受け取ったことまで。

ついでに、

……「がきゅういいん」て書いてあったな。

ということも。

……自分は学級委員になってよかったんだろうか。

クラスの委員決めのとき、自分は、はりきりすぎたアッピーにたすけ船を出すかたちで手をあげた。アッピーのために手をあげてやった、という気もちもあったし、みんながいやがっていた委員の仕事を引き受けてあげた、というまんぞく感もあった。

そして、クラスの「みんな」から拍手をもらい、「さすがショウタ」「さすが学級委員」といわれることがうれしくもあった。

……でも……。

いまは、脅迫状や怪文書が、ショウタの心に暗いかげを落としている。

三通の手紙は、たぶん同じ人物が書いたものだ。字もにていたし、内容も学級委員のことだったし。

いつもの、「頭で考える」ショウタであれば、

①ぼくが学級委員をやることにはんたいであるとわかっているのは、たったの一名。しかもだれだかわからない。

②ぼくが学級委員をやることをよろこんでくれているひとは、たくさんいるはず。少なくとも、ほかの八人のクラス委員とは、いつも協力してうまくやっている。

③ということは、はんたい者より賛成者のほうが、数が多い。

と、単純に答えを出せるはずだった。

ところが、どういうわけか、頭で考えることに心がついていってくれない。

SNSで悪口をいわれた有名人が傷ついて絶望してしまった、という

ニュースをきくと、いままでは、「有名なひとなのにどうして？」と思っていた。

有名になるということは、人気があったり、才能があったり、幸運だったり、ともかくほかのひとよりめぐまれたなにかがあったはず。

ということは、そのひとのファンや、応援するひとも、きっとたくさんいたはず。

そういうひとのことばだけきいておけばよかったのに、といつも思っていた。

でも、ほんの一部の悪口が、ものすごくそのひとを傷つけてしまうのだろう。そのひとにとっては、そのわずかな何人かが「みんな」になってしまったのかもしれない。

……ぼくは、そうならないようにしよう。

ショウタはともかく、自分にそういいきかせるのがせいいっぱいだった。
でも、げた箱でくつをはきかえて、とぼとぼと帰ろうとしたとき、ふと、ルミのえがおが頭をよぎった。

……さすが学級委員。たよりになる！

そのことばを思いだしただけで、心の中がぽっと明るくなったような気がした。

……負けないで、がんばらなくちゃ。

ショウタは、ルミにそういわれている気がした。気もちを強く持たなければ、と思った。

ルミだって、いじわるな手紙が来てもがんばっているんだから。

本人が気にしているかどうかはべつとして。

お別れ会の準備

つぎの日、つまり、お別れ会の二日前。

給食のあと、安藤先生が職員室に行ってしまってから、ショウタは昼休みにみんなに教室に残ってもらって、いった。

「お別れ会の輪かざりづくりが、まにあわないかもしれません。だれか、今日と明日の放課後、残って、てつだってくれるひとはいませんか？」

ショウタがそういったとたん、クラスはしん、としずまりかえった。

器用なエコや、やさしいホン子が手をあげかけたけれど、思い直したようにひっこめてしまった。

むりもない。エコもホン子も、仕事のぶんたんが山のようにあるのだ。自分たちもネコの手もかりたいほどにちがいない。

「輪かざりの係のやつ、だれだよ」

どこからか声があがった。

ショウタがサトルのほうを見ると、まるでなにも耳にはいっていないように窓の外を向いている。

たまりかねて、ショウタがもういちど、

「だれかてつだってくれるひと、いませんか」

というと、サトルはいきなりこっちを向いて、

「いいよ、べつに」

といった。

「え？」

ショウタが思わずききかえすと、サトルは、

「いいよ。だれもてつだわなくても」

と、いどむような口ぶりでいった。

なんだかいつものサトルとちがう気がする。

ショウタがそう思ってなにかいおうとした瞬間、サトルは、にやっとわらっていった。

「学級委員さんがやってくれるだろうから」

少しとげのあるいいかただった。

ショウタは「てつだってくれる」のまちがいだろ、と、訂正しようかと思ったけれど、なんだかわけのわからないものにブレーキをかけられてしまった。

かわりに口から出たのは、ふだんと変わらないトーンの、

「そうですか。わかりました」

ということばだった。

そして、そのあとどうしていいかわからなくなり、

「では、話は終わりです」

といってしまった。

みんなは、あっというまに教室を出ていった。残りの昼休み、少しでも外で遊びたいのだ。サトルもみんなといっしょに出ていった。

それでも、放課後にはサトルも輪かざりをつくってくれるのだろうと思っていたけれど、気がつくと、サトルはランドセルごといなくなっていた。

輪かざり用の箱には、みんなの家から集めた折り紙だけがほうりこまれて

山になっている。

「これ、ぜんぶあたしとショウタだけでやれ、ってこと?」

すでにショウタもやることになっている。まだはっきり引き受けたわけではないのだけど。けれども、そこにツッコんだら、ルミがあばれそうでこわい。

ショウタはしかたなく、

「まあ、しょうがない。ふたりでやれば、なんとかなるだろう」

といって、箱の前にすわった。まだスピーチの原稿やゲームの準備なども終わっていないので、あせる気はあるのだけど。

そして、かくごを決め、自分の道具箱からのりとはさみを出してきて、輪かざりをつくりはじめた。

「やだなあ。あたし、工作ってにがてなんだよね」

ルミが、髪の先をいじりながらぼやいた。

「こんなの、だれがつくってもいっしょだよ」

ショウタがなぐさめにもならないなぐさめをいうと、

「そうかなあ」

といって、ルミもはさみを持ち、折り紙を切りはじめた。

ところが、まっすぐ切れないらしく、太さはばらばらだし、切り口もギザギザになってしまう。

「いちど四つに折ってから、折り目にそって切るといいよ」

ショウタが、まるで一年生にするようなアドバイスをすると、

「そうしてるけど」

というそっけない返事がかえってきた。

しかし、ここまでばらばらな太さだと、きれいな輪かざりはとうていつくれそうもない。

「あの、紙を切るのは、ぼくがやろうか？」

そういってみたところ、

「なんで？」

ときかれた。

それもまた、中学受験の問題にはありえないむずかしさだった。答えはわかっているのに、いってはいけない、という……。

ふたりはそのあと、もくもくと作業をつづけ、ほかのみんなが帰ってからも、ひたすら輪かざりをつくりつづけていた。

教室の窓からさす日がかたむきはじめたころ、ついにその気まずいちんもくをやぶったのは、となりのクラスのヨウスケだった。

ヨウスケは、いきなり四年一組のうしろの戸をガラッとあけると、

「あ、もうサトルは帰っちゃった？」

ときいてきたのだ。

「帰った。帰っちゃいけないのに、なんで帰るの！」

ルミがそこでキレた。

いや、ここにサトルいないし……と、ショウタがなだめようとしたとたん、ヨウスケはあっけらかんといった。

「あー、やっぱりね。よけいな仕事はしないで帰ったわけだ」

「え？」

かたまったままでいたのはショウタのほうで、ルミはそれをきくなり、はさみを置いてたちあがった。

「どういうこと？　なんで二組がそんなこと知ってるの？」

こんどはヨウスケにキレている。

ルミのけんまくに、ヨウスケはちょっとおじけづいたようだったけれど、視線はショウタのほうに向いたままだった。

「ねえ、どうするの？　クラスの仕事」

ヨウスケはショウタにきいたのだけど、たちあがったルミが、そのいきおいでヨウスケに逆しつもんした。

「サトルってば、なんで仕事しないで帰ったわけ？」

するとヨウスケは、はじめてその存在に気がついたかのように、ようやくルミのほうを向いた。

「塾だよ」

「へ？」

「毎日塾があるんだ。サトルもぼくもね。ぼくたちは、中学受験をするんだから、勉強がたいへんなんだ。お遊びのためのいのこりなんかしてられないよ」

「なに、それ」

ヨウスケの口ぶりに、ルミはあきれたようにいった。

「あのね、うちのクラスは、たんにんの岡崎先生が事故にあってずっと長いこと休んでいたの。そのあいだ来てくれていた安藤先生とのお別れ会をするんだから。サトルだって、安藤先生にはかんしゃしてるから、輪かざりづくりに手をあげたはず。これは、ただのお遊びじゃないんだからね！」

給食に関係ないことで、ルミがこんなに熱弁をふるうのはめずらしい。

ショウタは思わず拍手をしたくなった。ところが、ヨウスケの心にはまったくひびいていないらしい。

「みんながみんな、同じ気もちかどうかなんてわかんないじゃないか。サトルがかんしゃしてるかどうかだって、わかんないだろ。かんたんにまとめるなよ。そもそも、学級委員だからって、むりやりクラスのみんなに仕事させる権利あるのかよ。

ぼくたちは、いそがしいんだ。きみたちはクラス委員なんかやってるくらいだから、ヒマなんだろうけど」

「ヒマじゃないっ！！！」

さけんだのは、ふたり同時だった。

ショウタとルミ。

ルミは、きょとんとしてショウタを見た。

「あ、ショウタもいそがしいの？」

ルミが首をかしげていったので、ショウタもつられて同じほうに首をかたむけた。

「いや、ぼくは藤堂さんのことをいったんだけど」

売れっ子の少女モデルであるルミは、放課後も撮影やなんやかやで走りまわっている。校門の前にマネージャーのヨウコさんが車を止めて、じりじりした顔でまっている、という光景も、青空小学校ではおなじみだ。

ほんとうは、ルミのママやヨウコさんたちは、たまには学校を休んだり早退したりしてでも、モデルの仕事を入れてもらいたいと思っているらしい。けれども、学校給食が大すきで、四年になってからは給食委員の仕事も気に入っているルミが、絶対それには応じない、というのも有名な話だ。

なので、学校以外の時間ものんびりしていることなどできないルミが「ヒマだから委員をやる」なんていうことはありえない。

それで、ショウタも思わず「ヒマじゃないっ！！！」とさけんだのだったけれど、自分のことではなかった。

で、自分はといえば……

もちろん、ヒマだから学級委員になった、なんていうことは、断じてない。

かといって、いそがしいわけでもない。

塾にも行っていないし、ならいごともしていないし、スポーツ系のクラブにもはいっていない。もちろん、ルミみたいに仕事をしているなんてこともない。

でも、ヒマをもてあましているわけでもない。やりたいことはたくさんあるから、あっというまに一日が終わる。

校庭開放でドッジボールしたりサッカーしたり、だれかの家に遊びに行ったり、だれかが来たり。ひとりのときはテレビを見たりユーチューブやDVDを見たり……そう、中学受験の問題をとくのもこのごろの楽しみのひとつだ。その趣味にめざめたきっかけは……。

そこまで考えたのと、ヨウスケが、

「ショウタは、中学受験を有利にするために、学級委員になったんだもんな」

といったのが同時だった。


……なるほど。


ショウタは、ゆっくりとたちあがった。

それから、いつもの無表情のまま、ゆうぜんとヨウスケのところまで歩いていくと、かたてをひらいて、つきだしていった。

「出せよ」

「え？」

ひるんだヨウスケに、ショウタはまた一歩ふみだしていった。

「いいたいことがあるなら、はっきりいうべきだ。こそこそ手紙を入れるようなまねはしないほうがいい」

こわい顔をしてみせたいけど、つくれない。

けれども、無表情には無表情のすごみがあるらしく、ヨウスケはかんぜんにおびえていた。

「な、なんのことかな。手紙なんて入れてないぞ。第一、クラスもちがうのに、どうやってひとの筆箱に入れるんだよ」

そばできいていたルミがあきれたようにいった。

「いまの、墓穴ほってない?」

「だな」

ショウタが肩をすくめていうと、ヨウスケははっとしたように、あわててぶんぶんと首を横にふった。

「い、いや、その、きいただけだ、うわさを……」

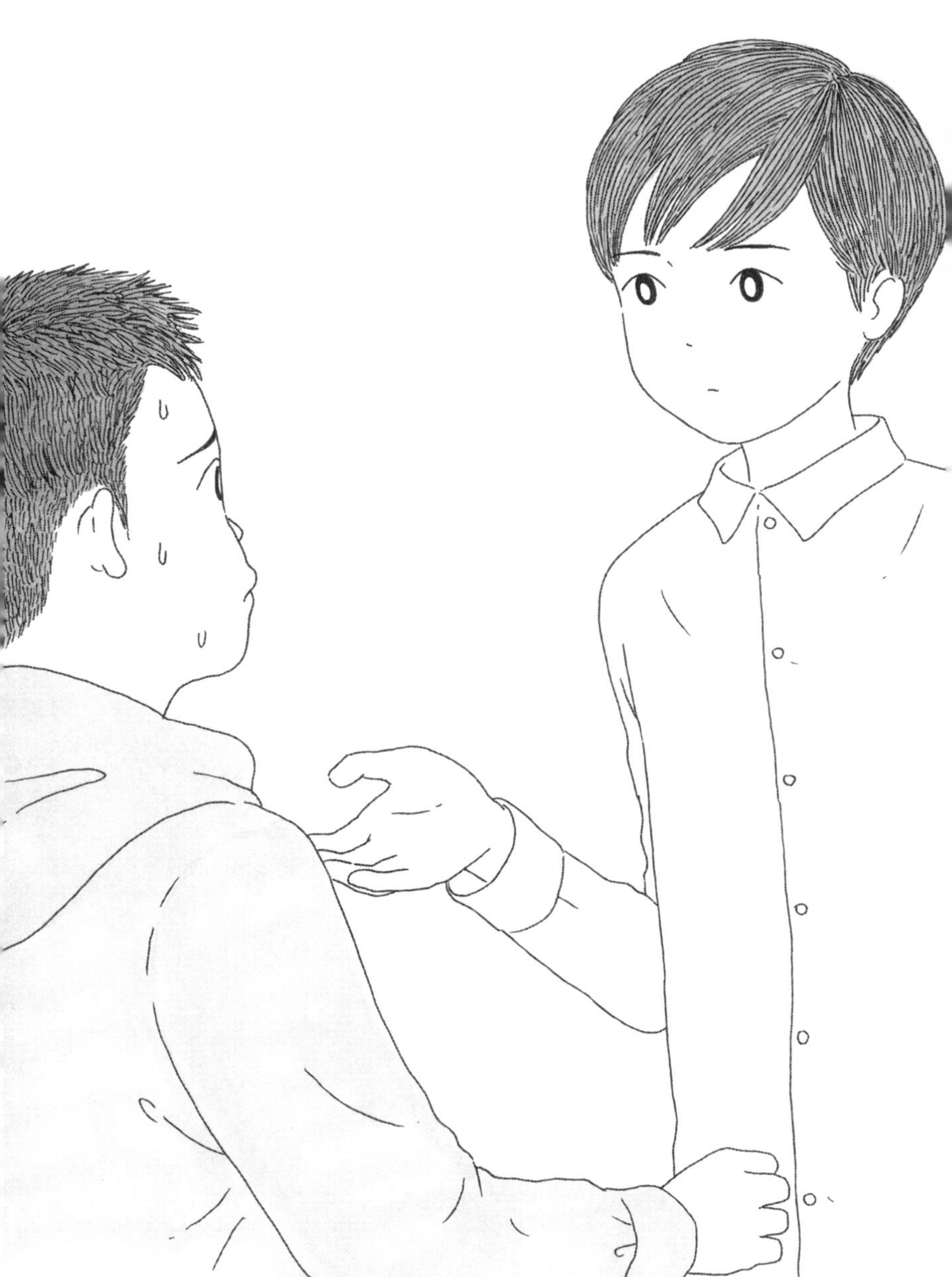

あとずさりするヨウスケに、ショウタはまた一歩ふみだして近づいていった。

「いっておくけど」

ヨウスケはまた一歩さがった。目線は落ち着きなくきょろきょろしていて、逃げ場をさがしているように見える。

そして、いきなりダッシュで逃げようとした先に、ショウタはすばやくたちふさがった。

「小さい『つ』や『ゆ』は正しくつかえ」

「えっ……？」

「は……？」

同時にいったのは、こんどはルミとヨウスケだった。

「『りっこうほ』の『立』は、『りっ』までだから、小さい『つ』は書かなくていいんだよ」

「……あ、そうなの？」

ヨウスケは、思わず空中に「立」の字を書いていた。

「そうだ。そして、『がっきゅういいん』とひらがなで書くときは、あわてていても、小さい『つ』をわすれずに」

「わかった」

「ヨウスケは、拗音や促音がにがてだったからな。でも、いまだにそうだったとは」

「なに、それ？　ヨーオンとかなんとかって？」

きいたのはルミだった。

「ようするに、小さい『つ』とか『やゆよ』のこと」

「ふうん。で、それがどしたの？」

ルミがいったとたん、ヨウスケがかたまった。

「いや、でも、だからといって……」

いいかけて、ヨウスケは急にあきらめたように、ふっと力をぬいた。

「まあ、いいや。たしかに書いたのはぼくだよ。そんなことでばれるとは思わなかったけど。

だけど、じょうだんだったんだ。まさか、本人に見せるなんて……」

「いいだしたのはサトル？」

ショウタがいうと、ルミはびっくりしたように目をみひらいた。ヨウスケは、ちょっと肩をすくめただけだった。

「まあ、どっちともいえないけど……なんか、ショウタってずるいよな、っていう話になって」

ショウタはごくりとつばをのんだ。

「ぼくがずるいって、どういうこと？」

答えはききたくないのに、きいてしまう。

「なんか……なんでもできるしさ。ぼくたちは、毎日のように塾に通ってふうふういってるのに、ショウタはやりたいことやって、それなのに、ぼくたちが塾に行っていてもとけない問題が、すぐにとけちゃったりするし……」

「それがどうして、ずるいことになるの？」

ルミがかわりにきいてくれた。

「ずるいっていうか、不公平っていうか……頭もいいし、顔もいいし、そのうえ、学級委員にもなっちゃうし」

そのことばをきいたとたん、ショウタの中で、なにかがぶちっと音をたてた。

「それがずるいというなら、きみたちがしてることはなんだよ。

うちのクラス委員たちは、すいせんされたひとも、自分から手をあげたひとも、みんなちゃんと委員の仕事をして責任をはたしている。かげで文句だけいっている人間にとやかくいわれる筋合いはない」

いいたいことをいったら、スカッとした。

そうだ。だいじなことは、他人の評価じゃない。なにもしないうちから、ふさわしいか、ふさわしくないかを気にする必要もない。そんなのだれにもわからない。ただ、いっしょうけんめいやって、「がんばった」って自分で自分にいえたらいいじゃないか。

シヨウタは、ヨウスケにくるりと背を向けて、ルミにいった。

「つづき、やるぞ」

そして、席にもどると、またはさみを持って折り紙に向かった。

ヨウスケは、どうしていいかわからないようにもじもじしていたけれど、ルミがふりかえって、にこやかにいった。

「帰れば？ 塾、あるんでしょ」

クラスが、まとまる

つぎの日。つまり、お別れ会の前日。

ショウタは放課後、みんなに残ってもらった。

吉田サトルはひとりだけこっそり出ていこうとしたけれど、前のとびらにはアキラ、うしろのとびらにはピョンタ、という、体格のいいふたりがたちはだかってる。

サトルはあきらめたように自分の席にもどり、ふてくされたように腰をおろした。

そのようすを目のすみで見ながら、ショウタはいつものように、落ち着きはらった顔でいった。

「来週は、いよいよまちにまった、岡崎先生が帰ってきます。

去年からずっといっしょにすごしてきた岡崎先生が一か月もいなくて、そのあいだ、ぼくたちはとてもさびしかったし、不安でした。

かわりに安藤先生が来てくれたときも、ぼくたちはあまりうれしくありませんでした。大きい声を出すし、わらってもくれないし、ぼくたちの顔も名まえも知らなかったし。

でも、これはもうみんな知っていることだけど、じつは安藤先生はとてもきんちょうしやすくて、うまく話したり、わらったりするよゆうがなかったのでした。それなのに、ぼくたちのことをほんとうによく考えてくれて、岡崎先生をまっている気もちも、よくわかってくれていました。

岡崎先生がいない一か月のあいだ、いろんなことがありました。

でも、ぼくたちがいつもどおりに勉強できて、ぶじにすごせたのは、安藤先生がいっしょにいてくれて、ぼくたちをだいじにしてくれたからです。

明日、その安藤先生にかんしゃをこめて送りだすのに、教室をかざるのに必要な輪かざりが足りません。できるひとだけでいいので、いまからみんなでいっしょにつくりませんか？」

最後のところで、サトルが、はっとしたように顔をあげた。

アッピーがすかさず拍手をし、ナビ子やエコがそれにつづいた。

ショウタとルミは、手分けして、きのう細長く切った折り紙をくばった。

「あれ、これ、だれが切ったの？」

「なんか、ギザギザなんだけど」

「あ、でも、これはすごくきれいに切れてる」

あちこちからあがる声にはこたえず、ショウタは、いつもの口調でいった。

「帰りたいひとは帰ってもだいじょうぶです。むりしないでください。残ってつくれるひとは、この折り紙を輪にして、できた分をとなりのひととつないでください」

出ていく子はいなかった。

アキラもピョンタも、もう出口をふさいではいなかったのに。

吉田サトルも、ぎりぎりの時間まで折り紙の輪をつくりつづけた。

そして、下校のチャイムが鳴る寸前に、となりの子がつくった輪かざりと、自分のつくった輪かざりをつなげた。

三十人みんなで力をあわせてつくった輪かざりは、教室中をかざるのにじゅうぶんな長さになった。

1981

翌日のお別れ会は大成功だった。

クラスタイムの前に、みんなに、

「ちょっと出ていってください」

といわれて職員室にいったんかえった安藤先生は、むかえに行ったアッピーとエコに手を引かれてもどってきたとたん、教室のかざりつけと、

「ゴンちゃん、ありがとう」

と書かれた横断幕を見て、子どものように泣きだしてしまった。

「やだあ、ゴンちゃん、なんで泣くの?」

といいながら、すかさずハンカチとティッシュをさしだしたのは、もちろん保健委員のアッピーだ。

お別れ会の司会は芸達者な放送委員のピョンタ。

クラスのみんなが、それぞれ自分のとくいなだしものに出演して、歌を

歌ったり、おどったり。

全員参加のゲームでは、ゴンちゃんがおとなげなくむきになって勝ちにいった。それがおもしろくて、みんなも大はしゃぎだった。

最後に、学級委員ショウタが、クラスを代表して、ゴンちゃんへのお手紙を読みあげた。

「安藤ゴンタロウ先生へ

岡崎先生がいないあいだ、四年一組の先生でいてくれて、ありがとうございました。それから、ぼくたちが林の中でまいごになったときに、助けにきてくれて、ありがとうございました。

ぼくたちは、はじめは安藤先生のことがこわかったけれど、ほんとうは、とてもやさしくて、思いやりのある先生だとわかり、大すきになりました。

先生にとって、青空小学校は先生としてのはじめての学校だったということを、ぼくたちはきのうはじめて知りました。とてもうれしいです。先生にとって、ぼくたちははじめての教え子だから、一生おぼえていてもらえると思うからです。

ぼくたちも、先生とすごした日々のことをぜったいにわすれません。おとなになっても、おじいさんやおばあさんになっても、きっと、ずっとおぼえています。

新しい学校に行っても、ぼくたちのことをわすれないで、ずっとずっとすきでいてください。ぼくたちも、ずっと安藤先生のことが大すきです。

四年一組　一同より」

最後のところが、ちょっとなみだ声になってしまった。

でも、ショウタは、自信をもって「一同より」といいきることができた。

安藤先生は、また子どものようにしゃくりあげた。

アッピーが、自分も泣きながら、

「ああ、もう、ハンカチとティッシュがない！」

とさけぶと、男子も女子も、みんなが自分のハンカチを持ってゴンちゃんのもとにおしよせた。最後はクラス全員が大わらいだった。


ショウタは、クラスのみんなで輪かざりをつくれたこともうれしかったけど、その前の日にルミとふたりでいのこりをしたのも楽しかったな、と思った。

ヨウスケが帰って、またふたりになったとき、ルミはぼそっといったのだ。

「いやがらせの手紙を書くひとってね」

「うん」

「かわいそうなひとなんだよ」
ショウタは思わず、折り紙を切る手を止めて、ルミの顔を見た。
ルミは、眉根にしわをよせて、しんけんな顔つきではさみをにぎりながらいった。
「自分のことすきになれないから、ほかのひとのこともすきになれないんだと思うよ。
そして、自分の不幸をだれかのせいにしようとするんだよ」
ショウタは思わず、茶色がかったきれいなひとみに見入ってしまった。

……おかわり以外の話をするなんて……

ルミはきっと自分のことがすきだろう。給食が大すきで、学校が大すきな自分のことを。そして、自分のことがすきなら……きっと、ほかのだれかをすきになることもあるだろう。

なんだかちょっとうれしくなる。きっと顔には出ていないけど。

そのとき、ルミが、急に話題を変えていった。

「そういえばさ、ヨウスケがいってた入試問題って、なに？」

「え？」

「ほら、塾に行ってないのにショウタがといてみせた、っていってた……」

ショウタは、とまどいながらも、いそがしく記憶をたどった。

「ああ……『5人のなかから2人の委員を選ぶ選びかたは何通りありますか』だったかな」

「それ、学級委員と給食委員？」

「そういうことにしようか」

ショウタはわらっていった。

「で、答えは？」

「20通りだよ」

「どうして？」

「まず5人のなかから学級委員を選ぶとしたら5通りだよね。Aさん、Bさん、Cさん、Dさん、Eさんの5通り。たとえばAさんが学級委員になったとする。すると、給食委員にAさんはなれないから、残りの4人との組み合わせになる。つまり、Aさんが学級委員になった場合、給食委員との組み合わせは残る4人との4通り。AとB、AとC、AとD、AとE。これと同じことが、B、C、D、Eが学級委員になった場合も起こるから、5×4で20通り」

「それ、自分の頭で考えたの？」

「そうだよ」

「でも、その答え、ちがうな」

「どして？　サトルが解答を見たときは、合ってたけど？」

ショウタがおどろいていうと、ルミは、フフンと鼻を鳴らしていった。

「ショウタが学級委員であたしが給食委員ならいいけど、そのぎゃくはないから。あたし、学級委員になれっていわれたらことわるし、それに……」

「それに？」

ショウタがきくと、ルミは雑誌の写真より百倍すてきな笑顔でいった。

「四年一組の学級委員はやっぱりショウタしかいないよ！」

サトルとショウタは、しばらく口をきかなかった。サトルはショウタをさけているようだったし、ショウタもサトルに話しかける用はなかったからだ。

けれど、一学期も終わりに近づいたある日、ショウタがひとりでぼんやりと窓の外を見ていると、サトルがふと、となりにたったのがわかった。

「なあ、中学受験、するの？」

半分ひとりごとのような口調で、サトルがきいた。

ショウタは、校庭を見おろしながら、自分も半分ひとりごとのように答えた。

「しないだろうな、たぶん」

「どして？」

「いまのところ行きたい私立がないから。っていうより、みんなと青空中学校に行きたいから。それに、中学入試はやっぱりその学校にはいりたいひとがしんけんに受けるためのものだと思う。腕だめしだけのために受けるなんてことはできない」

ショウタがいうと、サトルは、ふっと口元をゆるめていった。

「へーえ。もったいないなあ。仕事算とかよくできそうなのに」

「なに、それ?」

「『ひとりでやると三十日かかる仕事を、三十人でやったら何日かかりますか』みたいなやつさ」

「かんたんすぎるじゃないか」

ショウタがいうと、サトルは窓の外の青空をあおぎ見た。

「それが、そうでもないんだよ」

ショウタがふしぎそうにサトルのほうを見ると、サトルは空を見上げたまま
いった。

「『三十人がやらされる』場合と『三十人がよろこんでいっしょにやる』場合では、答えがちがうかもしれないからさ」

ショウタもまた窓の外に視線をもどした。

「なるほど。やっぱり、むずかしいんだな」

ショウタがつぶやくと、サトルがいった。

「ああ。でも、ショウタにならできるさ」

ふだん無表情なショウタの顔が、くしゃっとなった。

やってみよう！

いろいろ委員会作
中学受験風問題集

計画委員ナビ子からの出題

4年1組のみんなで8月10日から20日までキャンプに行きました。キャンプは何日間だったでしょう。

体育委員トモくんからの出題

校庭に旗を10本横一列に立てました。旗と旗のあいだに児童がひとりずつ立っています。児童は何人いるでしょうか。

環境委員エコからの出題

30本の木が池のまわりにぐるりと等間隔に立っています。木と木のあいだに花を１本ずつ植えるとすると、花は何本、必要でしょうか。

飼育委員アキラからの出題

30人のクラスメイトの中からふたりの飼育当番を選ぶ選びかたは何通りあるでしょうか。

図書委員ホン子からの出題

□に共通してはいる漢字はなんでしょう。

指□　□書　地□　□面　□星　□形　□案　□解

給食委員ルミからの出題

日本でいちばんたくさんお米がとれる都道府県はどこでしょう。

保健委員アッピーからの出題

鼻血を止めるのによい方法はつぎのうちどれでしょう。

①上を向いて鼻をつまむ。

②下を向いて鼻をつまむ。

③鼻血を止めるおまじないをする。

放送委員ピョンタからの出題

お昼の放送で、1分53秒の曲を4曲流しました。曲が流れていた時間はぜんぶで何分何秒でしょうか。

学級委員ショウタからの出題

30人のクラスで、きょうだいがいる人の数は、きょうだいがいない人の数のちょうど2倍です。きょうだいがいる人は何人でしょうか。

解答編

計画委員ナビ子からの出題の答え：11日間

解説：数えてみよう！

8月10　8月11　8月12　8月13　8月14　8月15　8月16　8月17　8月18　8月19　8月20

ほらね！

（式にすると20－（10－1）＝11 です）

体育委員トモくんからの出題の答え：9人

解説：２本の旗のあいだに児童が立つとしたらひとり。
３本の旗のあいだに児童が立つとしたらふたり。
４本の旗のあいだに児童が立つとしたら３人。
……

このように、旗と旗のあいだの数は、旗の数より１少ない数になります。
なので、10本の旗のあいだに立つ児童はぜんぶで９人です。

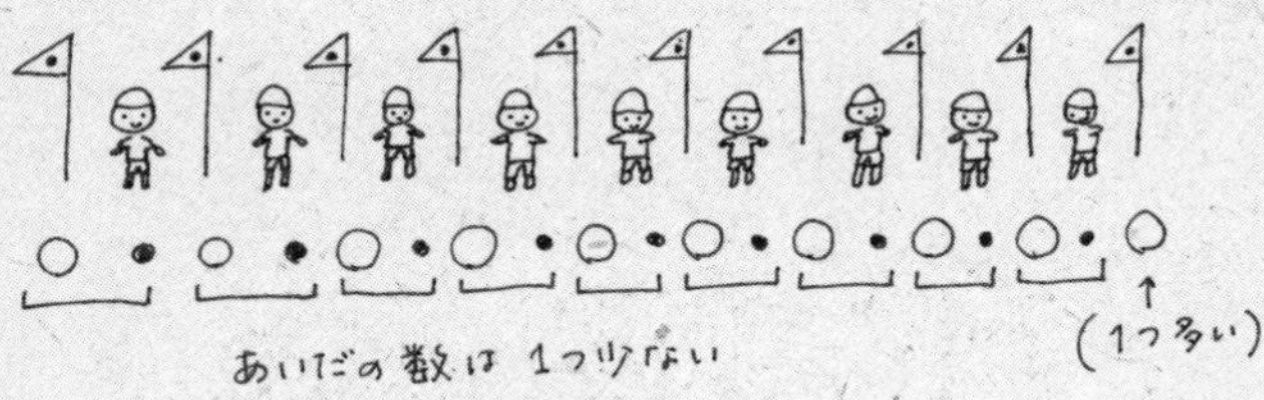

環境委員エコからの出題の答え：30本

解説：一列にあるもののあいだの数は、「体育委員トモくんからの出題の答え」で見たように、１少ない数でした。けれども、わになっているときは、あいだの数も同じなんです。

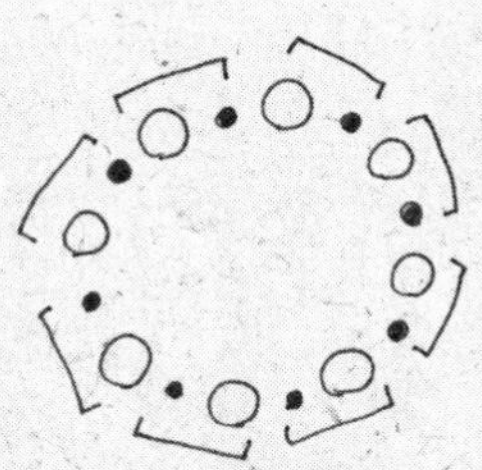

わになっているもののあいだの数は同じ！

飼育委員アキラからの出題の答え：30×29÷2＝435通り

解説：本文135ページのショウタの説明のとおり、30人の中からふたりを選ぶ選びかたは30×29で870通りです。けれども、「飼育当番ふたり」の場合は、「AさんとBさん」の組み合わせと「BさんとAさん」の組み合わせは同じものになります。
つまり、ぜんぶの組み合わせを２回ずつ数えていることになるので、２で割って435通りになります。30人からふたりを選ぶ選びかた、こんなにたくさんあるんですね。ショウタとルミがいっしょにごみ当番になる確率は435分の１だったわけです！

図書委員ホン子からの出題の答え：図

解説：指図　図書　地図　図面　図星　図形　図案　図解

どのことばにも「図」の字がありますね！

給食委員ルミからの出題の答え：新潟県

解説：農林水産省発表の2022年のデータでは、１位は新潟県(63万1000トン)、２位が北海道(55万3200トン)、３位が秋田県(45万6500トン)でした。

保健委員アッピーからの出題の答え：②

解説：これ、中学入試には出ないかも……

勉強中に鼻血が出たときはためしてね。③も効くかもしれません。

放送委員ピョンタからの出題の答え：7分32秒

解説：ときかたは２通りあります。まず、1分53秒のうちの１分だけを４倍にすると４分です。それから53秒を４倍すると212秒。これは３分３２秒なので、４分をたして７分32秒です。もうひとつのときかたは、1分53秒を60＋53＝113秒として、４倍して452秒。これを60で割ると７あまり32なので、７分32秒。どちらも同じ答えになりますね。たしかめてみましょう。

学級委員ショウタからの出題の答え:20人

解説：きょうだいがいない人だけで１つのグループをつくるとします。きょうだいがいる人は、いない人の２倍なので、きょうだいがいる人のグループは、いない人のグループの２つぶんということになります。つまり、クラス全体はきょうだいがいない人のグループが３つあるのと同じ人数になります。なので、30人を３つのグループに分けて、そのうちの１つがきょうだいがいない人、２つがきょうだいがいる人、と考えれば、計算で答えを出すことができます。

30÷３＝10　　10×２＝20

なので、きょうだいがいる人は20人です。

解答編イラスト：小松原宏子

本書は書き下ろしです。

作

小松原宏子

こまつばら ひろこ／東京都生まれ。青山学院大学文学部英米文学科卒業。児童文学作家。大妻中学高等学校英語科講師。多摩大学グローバルスタディーズ学部講師。家庭文庫「ロールパン文庫」主宰。著書に『ホテルやまのなか小学校』（PHP研究所）『ナゾときサイエンス サバイバル』（金の星社）「名作転生」シリーズ（共著、Gakken）ほか、訳書に『スヌーピーと、いつもいっしょに』（Gakken）「ひかりではっけん」シリーズ（くもん出版）『不思議の国のアリス&鏡の国のアリス〈ミナリマ・デザイン版〉』（静山社）など。

あわい

東京都生まれ。武蔵野美術大学卒業後イラストレーターに。Web広告、書籍・雑誌の装画や挿絵、似顔絵などの制作を手がける。誠文堂新光社イラストノート誌「第14回ノート展」準大賞受賞。

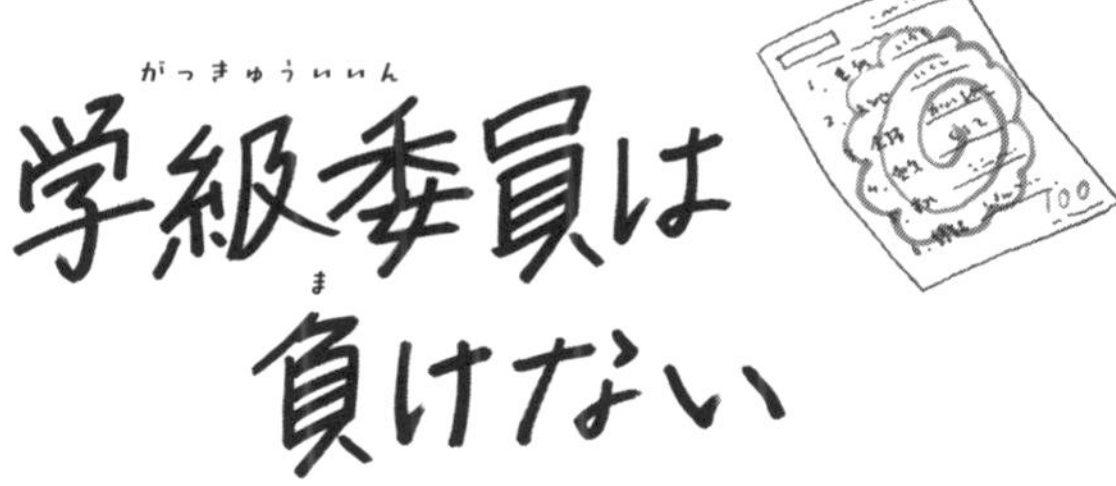

［ジュニア版］青空小学校いろいろ委員会8
学級委員は負けない

2024年1月16日　第1刷発行
2024年9月 6 日　第3刷発行

作者　小松原宏子
画家　あわい
発行者　中村宏平
発行所　株式会社ほるぷ出版
〒102-0073 東京都千代田区九段北1-15-15
電話03-6261-6691

印刷・製本　中央精版印刷株式会社
装丁　アルビレオ
編集　荻原華林

　ISBN978-4-593-10372-0